GEOGRAFÍA DEL AMOR

MICRORRELATOS

GABRIEL RAMOS

Primera edición: enero del 2022.

Compilador: **Gitanas ediciones**.

Ciudad de México.

I S B N en trámite.
Derechos de autor protegidos ante el INDAUTOR

Impreso y hecho en México.
Talleres de Ex Libris
Teléfono: **+52 1 5561182197 / +52 1 5573735646**

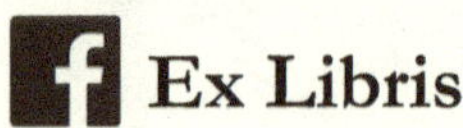

Con todo mi amor para Tere,
mi compañera de vida.

El problema, cuando se busca a la mujer perfecta, es que ella probablemente está buscando al hombre perfecto.

Peter Ustinov

Primer episodio:

Cercanía

Coautoría

—La esencia del verdadero amor es la complicidad. —Me dijo mientras me escondía una barra de chocolate en mi cintura, la cubría con mi blusa y salimos sin pagar.

Eterno

Todos hablan, a nadie le entiendo. Nada retumba más en esta vida que el amor verdadero. Dejo una flor sobre su féretro.

Incidente

Después de muchos años de mi separación con Patricia, me senté a escribir una carta en donde trataba de explicarle lo acontecido entre nosotros, le pedía aceptara mis disculpas y buscaba su perdón. Por supuesto que esa carta era solo mía (el orgullo no me habría permitido enviarla jamás).

La dejé sobre la mesa del comedor y me metí a bañar, segundos después, llegó mi primo el cartero gritando: —¡Alejandro aquí te llegó una carta del extranjero! —¡Gracias, Roberto! Déjala en la mesa como siempre. —Contesté.

Dejó la carta que llegó e intuyó que debía tomar la de la mesa. Pasadas tres semanas tocaron a mi puerta y, para mi sorpresa, allí estaba Patricia con sus enormes y lindos ojos negros.

Espera inútil

Besaba al sapo con tanta insistencia y pasión que irremediablemente se enamoró de él.

GÉNESIS DE UN UNIVERSO

Ella se encontraba dentro de aquel lugar, intentaba salir, por el contrario, él quería entrar. Ambos lucharon con intensidad contra la perilla de la puerta que, por fortuna explotó y lograron abrir al mismo tiempo.

Salvación

Hasta ayer, todavía regresaban esas imágenes de cuando al perder el conocimiento, empecé a sumirme en aquel lago. Hoy, la mirada de esa mujer me ha permitido, salir a la superficie y volver a respirar.

MEMORIA

Anduvo desorientado por muchas calles. Trataba de reconocer la puerta de su casa, hasta que encontró una similar. Dudó mucho en tocar, finalmente lo hizo. Abrió una mujer que, tras un momento de silencio dijo:

— ¡Sabía que algún día regresarías!

Y así fue como el amor volvió a tocar a su puerta.

Intuición

Se cruzaron en la calle, se detuvieron y se reconocieron: ambos tenían el corazón roto y las ansias de repararlo.

Vida en pareja

En el reparto de bienes: departamento, terreno y autos acordaron quién se quedaría con cada una de esas cosas. Todo iba bien, hasta que llegaron al perro. No pudieron ponerse de acuerdo y decidieron continuar juntos.

Boda árabe

Al invitado le ofrecieron un "dedo de novia" y le fascinó. Ahora es el principal sospechoso, nadie encuentra a la recién casada.

Pandemia

Al iniciar la emergencia sanitaria, ambos decidieron que, cuando concluyera, al primer lugar al que irían sería al juzgado, para divorciarse. La cercanía de la vida en casa les brindó una segunda oportunidad e inesperadamente ahorros para unas vacaciones.

Anuncio en el periódico

Se reparan corazones rotos. Favor de traer todas las partes.

Asignaturas pendientes

Quería saber para quién compraba todos esos lápices. –No tengo una amante escritora –le dije– tengo una libreta, en la que todas las mañanas, anoto las cosas que nos faltan por hacer.

Hombre metódico

Con más de treinta años de casado, desarrolló el hábito de salir de su casa y caminar por la misma ruta. Un día quiso ser diferente. Dispuso lo necesario para salir media hora antes y explorar un camino diferente. Una ciudad extraña lo sorprendió tanto que regresó a su camino.

El monstruo

Todos tenemos un monstruo dentro de nosotros. Generalmente está dormido, pero cuando se despierta puede ponerse al mando de nuestras palabras y acciones. En ocasiones también conseguimos que los engendros salgan de los demás.

Ayer, uno de los míos se enfrentó con alguien, llegué a casa y, sin quererlo, el que pagó las consecuencias fue mi esposo, quien sólo escuchó y, como si no lo hubiera lastimado, me hizo el amor.

NAUFRAGO

En la botella encontró una fotografía en la que estaba con su esposa e hijos.

Estadística

Según estudios de una prominente psicóloga, los matrimonios entre estudiosos de la conducta humana son más duraderos. Esto lo comprobó cuando tuvo tres fracasos con hombres no psicólogos. El cuarto, que sí lo era, compartió con ella, la cama, la bañera, la toalla y a los otros que terminaban también de ducharse.

Miedo

Miedo a la oscuridad.
a la dependencia.
a la responsabilidad.
al futuro.
al fracaso.
a la muerte.
Miedo a todo, pero no a este matrimonio.

Celebración

El cuarto olía a putrefacto, pero ella se resistía, día con día le llevaba un buen desayuno a su esposo. Tenía fe en que abriría los ojos y se levantaría en unos días para celebrar las bodas de oro.

Amor sin medida

La noche casi consume a esa media luna, nosotros la miramos sobre una banca. Acordamos que le daremos la otra mitad de luz, porque nosotros tenemos de sobra.

Segundo episodio:

Confusión

Desconfianza

Dicen que el amor todo lo da, pero también todo lo quita. Desde que lo supe, duermo con un ojo abierto.

La cita

Ella me habló y me dijo que había mandado a un taxi por mí. Tocaron el claxon, salí de casa y confirmé que fuera el automóvil que esperaba. En pocos minutos estábamos frente al cementerio principal del pueblo.

La crisis

Fue un excelente alumno, obtenía buenas calificaciones. Fue a la universidad, se casó con una compañera. Encontró un trabajo estable, se mantuvo en él. Tuvo dos hijos. No eran muy buenos alumnos, no tenían buenas calificaciones. No fueron a la universidad. No encontraron un trabajo estable. Su mujer le fue infiel. Nunca se divorció. Vivió en medio de la crisis, no tuvo ganas de volver a comenzar.

Deseo inconsciente

Lo estimulaba a que empezara a fumar. Le entusiasmaba pensar que algún día iría a comprar cigarros y no lo volvería a ver.

Desencanto

Regresó con su ex esposo, anduvieron tomados de las manos en los mismos lugares, donde sabían que acostumbraban estar, buscaron con ahínco y, sin embargo, nunca encontraron a la felicidad.

Cuentos infantiles

—¿Te acuerdas que ayer hablamos de que los monstruos y los fantasmas no existen? —Preguntó la madre.

—Sí. —Contestó la niña.

—Bien, hoy hablaremos de los príncipes azules.

Brujería

Para recuperar el amor de su pareja, en aquella olla, la mujer cocinaba los ingredientes que sus actitudes y comportamientos no habían logrado.

FORMAS 1,500 HACER DE AMOR EL

Cmoaptrmios Ifniniadd de csoas: gsuost, etneretinminetos, plecíucals, etc., sprieme son vmios con emenors nagas de ertne los dos lgraor res uno sloo. Ctiongo pdue ctaonr sám ed 1,500 froams ed hcear le aomr y sloo bsato anu dsiucsión isnlusa praa uqe haoar son vaeoms cmoo etxaroñs.

Infidelidad

–Te advertí que no quería volver a verte.

–Vine porque deseaba solucionar las cosas.

–Lo nuestro ya no tiene remedio.

–¿Cómo es que terminamos así?

–Te desprecio desde que me engañaste, no me queda otro remedio que desaparecerte.

–¡Corte! Se queda.

–¡No estás en el estudio, estúpido!

La vida cambia

Padecía de lagunas mentales. En una de tantas, de soltero pasó a casado con siete hijos.

PERFECCIONISTAS

Aquel individuo por fin terminó de diseñar la forma en que le pediría matrimonio a su amada, entre tanto ella, con su vasta experiencia de cuatro divorcios, sabía lo que tramaba, así que comenzó a bosquejar el quinto.

La paciente espera

Esperé mucho tiempo para conocerla, recorrí tantos caminos, crucé veredas, enfrenté demonios, hasta que por fin logré verla. Vestía de azul turquesa con un collar y pulsera plateados. Lo único que desentonaba era aquel anillo que llevaba en el dedo anular de su mano izquierda.

Sueños masculinos

El automóvil del compañero de trabajo, su jardín y su mujer. Bueno, esa lo visita de vez en cuando.

Hundimiento

Ella esperaba pasar una vida entera con quien eligió como marido. Él tuvo aventuras con otras y la abandonó. La mujer se dejó morir tres siglos después, la espera fue en vano, él había muerto un mes después de la separación.

Vida alternativa

Vivieron cuarenta y cinco años juntos, los enterraron en la misma tumba. Gran historia de amor. Pero en secreto, cada quinquenio, ellos, cada uno por su cuenta, alternaban con una nueva persona. Los dos antes de morir se arrepintieron, tal vez desaprovecharon su vida, les pareció poco.

Bumerang

Él no vivía tranquilo, ella lo amenazaba con que lo abandonaría y se iría con su antiguo novio de la preparatoria. Al final lo hizo, pero no encontró al ex novio, este ya se había fugado de su actual matrimonio con otra de sus ex novias.

Estrategia

Para conservar su matrimonio, poco a poco iba creando un mundo ficticio para sustituir al real.

Proceso lento

Sus abuelos habían cometido muchos errores al educar a sus padres, pero ellos aprendieron de esas fallas y fueron mejores. Sus padres también cometieron algunos errores, por lo que ella aprendió de esas deficiencias y llegó a ser mejor esposa. Los hijos de ella, aprendieron aún más y fueron excelentes, tanto, que nunca se casaron, ni tuvieron hijos y vivieron felices para siempre.

Encuentro desapercibido

El hombre era experto en renunciar a la felicidad, aunque se encontraba con ella cada mañana en el puesto de periódicos, antes de que la elegante mujer entrara a trabajar.

Pregunta descartada

El doctor se declara incompetente para responder la pregunta sobre cuándo recuperaré la memoria, sólo dice: esto es impredecible, puede ser en una semana, en un mes, en algún año.

Mi mujer amable, pero reticente se acerca a la cama, me besa en la frente y me dice: no te preocupes, dios nos ayudará y regresarás a ser quién eras. Todas las tardes me trae álbumes con fotos, recuerdos, detalles para que saber quién soy y por qué estoy hospitalizado. Yo pregunto por todo, menos por la dama que me acompañaba en el automóvil.

Tercer episodio:

Lejanía

Soltería

No conoció a su padre, sus hermanos fueron crueles con ella. Tuvo un novio que no cumplió con sus expectativas y lo mismo pasó con sus hermanas. Un día, sentada en una banca del parque, decidió pasar su vida en completa soledad, mientras tanto, al frente pasaban ríos y ríos de gente, con y sin desgracia, interesados en vivir.

Afortunada

Tuvo tres matrimonios y mismo número de divorcios. En el primero la indemnizaron con una casa, en el segundo, con una pensión y, en el tercero, sólo obtuvo una raquítica cuenta bancaria. Con ella compró varios billetes de lotería, obtuvo el premio mayor. Nunca tuvo la fortuna de creer en el amor.

Crimen de ocasión

¡Sí, admito que yo lo maté! Ese día, mi esposo fue la séptima persona que me preguntó —¿Cómo vas con la tesis?

Ella

Fue tres veces al mar.

La primera con su padre, que ultrajó su infancia.

La segunda con aquel hombre que la maltrató.

La tercera para suicidarse.

Lotería

A tus 70 años nunca te habías sacado nada en ningún sorteo. Mirabas el boleto ganador con extraña alegría, mientras pensabas en la vida de sacrificios que dejarías atrás. Al mismo tiempo llorabas, pues no tenías con quién compartirlo.

Olvido

Después de 30 años de matrimonio, él decidió olvidarla. Tiró a la basura sus fotografías, cartas, regalos y hasta las mancuernillas de plata del último cumpleaños.

Hace varios días se sorprendió gratamente porque ya no recordaba cuál era el sonido de su voz, en diversas ocasiones fue incapaz de visualizar su rostro y sólo entre sombras recuerda su figura. Ahora no tiene memoria para recordarla, pero incluso ha olvidado el lugar donde vive y los nombres de sus hijos.

Disparejo

Después de 19 años, encontró su anillo de bodas en una tienda de antigüedades. Del amor, nunca recibió noticias.

Vacío

La joven se lanzó desde el séptimo piso.

Final A	Final B	Final C
Descubrió la infidelidad de su novio.	La autopsia reveló que estaba embarazada.	Su novio no quiso responder al embarazo.

¿O los tres?

Amor imposible

El Enano estaba enamorado de la Bailarina, por lo que consultó con la Adivina si algún día sería correspondido. Al conocer la respuesta, decepcionado, buscó al Mago para que le desapareciera aquel horrible sentimiento.

Desquite

Cuando regresé a la casa me percaté que ella me había abandonado. Me puse a escribir y en venganza, me deshice de ella a punta de palabras.

Escasas

Aquel microficcionista coleccionaba objetos de sus relaciones amorosas en una caja de cerillos. Todavía hay suficiente espacio.

El cigarro mata

Mi doctor me dijo que dejara de fumar o que moriría a causa del cigarro. Elegí un día para abandonarlo y cumplí mi promesa. Cuando llevaba tres semanas de abstinencia fui a ver a Susana, mi pareja que siempre me recibe con entusiasmo en su departamento. Pasamos una tarde espléndida ya que bebimos, comimos e hicimos el amor. Más tarde, ella encendió un cigarro mientras yo me quedé dormido. Su teléfono sonó, salió de improviso y dejó caer el cigarro en la alfombra. El médico tenía razón.

Imágenes difusas

En su aniversario de matrimonio número cincuenta ella lo observó con detenimiento varios durante minutos. Su rostro le recordaba fugaces escenas de su vida, le sonrió, pero nunca fue capaz de recordar su nombre.

Restaurador de espejos

Para reconstruirse después de su divorcio, recogió pacientemente todos los pequeños pedazos y fue colocándolos en su lugar con sutiles modificaciones. Tenía la esperanza de convertirse en un nuevo ser y lo logró, pero las marcas nunca desaparecieron.

Noticias del año 2030

El matrimonio es reemplazado en todo el mundo por contratos quincenales. El mundo celebra.

Saturación

Cansado de discutir tanto con su esposa como en el trabajo, el abogado decidió dejar a la primera y continuar litigando.

HERENCIA

Se unió con un narcotraficante. Cuando a él, con ayuda de la mujer, lo mataron en una comisaría los del bando contrario, ella, la gran señora, heredó buena parte de los terrenos, casas, cantinas y dinero. Para no estar sola, adoptó a una jovencita de la calle que, con argucias de un abogado, logró quitarle todo. La adolescente intercambió su lugar y la dejó morir allí, donde la gran señora la encontró.

Apego

Su esposo era adicto a las bebidas alcohólicas, por lo que su esposa lo convenció de que asistiera a las sesiones de Alcohólicos Anónimos. Él se involucró tanto con el proyecto de la Institución, que pasaba noche y día en aquel lugar. En su casa, en cambio, no había nada que le provocara un apego.

Multifamiliar

Aquel hombre regresó de trabajar tan cansado que se equivocó de edificio y departamento. En esa familia fue tan bien recibido que decidió quedarse e iniciar una nueva vida.

Epitafio

Si van a engañar a su esposa, cuiden los detalles.

EPÍLOGO

Saudade

Para mis hijos Lucía y Gabo

I

Él permaneció leyendo toda la tarde en su sillón favorito hasta la hora de la cena. Antes de acostarse, comentó con su esposa sobre los esfuerzos que en últimas fechas hacía para recordar nombres y situaciones.

II

Al día siguiente, después de comer y sin avisar a nadie se preparó para salir. De la mesa del pasillo tomó algo de dinero y su identificación. Su intuición le decía que salir solo no era buena idea, aun así se arriesgó. Caminó varias horas sin encontrar su destino y empezó a dar vueltas por las mismas calles hasta tener la sensación de estar en un laberinto sin salida. Para calmar su desesperación usó un viejo truco del pasado: imaginar situaciones tranquilizantes, pensó en el día de su graduación como médico, recordó su boda en esa pequeña capilla y los días de descanso en compañía de su esposa y sus tres pequeños hijos. Nada de esto le ayudó.

III

Una patrulla se acercó y el policía le preguntó su nombre, él se quedó en silencio y lo miró con desconfianza. Ante la insistencia del agente, contestó: mi apellido es Domínguez, el nombre no lo recuerdo. El agente bajó del automóvil, se acercó y le preguntó a dónde se dirigía, descontrolado contestó: a comprar flores para mi esposa como todos los viernes. El uniformado le ayudó a subir al automóvil, lo llevó al puesto más cercano donde escogió el ramo de margaritas de costumbre, después le pidió su identificación y lo trasladó hasta su casa. En todo el trayecto aquel hombre permaneció en silencio.

IV

Al llegar a la dirección solo encontraron un lote baldío. El patrullero preguntó a los vecinos si conocían al señor Domínguez. Todos se vieron con una mirada de complicidad pero nadie emitió una palabra.

V

Segundos después, el vecino de enfrente se atrevió a hablar y dijo que en ese espacio vacío había existido un edificio que colapsó en el terremoto del 85 y el único sobreviviente era un médico que en ese momento se encontraba trabajando en el Hospital General.

Índice

Geografía del amor,
se terminó de imprimir en la
Ciudad de México el 12 de enero de 2022,
fecha en que se conmemora el 59 aniversario
del fallecimiento de Ramón Gómez de la Serna, el
escritor español que inventó las greguerías, definidas por
el propio autor como «metáfora más humor». Consisten
en frases breves, de tipo aforístico, que no pretenden
expresar ninguna máxima o verdad, sino que retratan
desde un ángulo insólito realidades cotidianas
con ironía y humor, a base de expresiones
ingeniosas, alteraciones de
frases hechas o juegos
conceptuales
o fonéticos.
"Aquella mujer me miró
como se mira a un taxi ocupado."

GEOGRAFÍA DEL AMOR DE 100.

www.ingramcontent.com/pod-product-compliance
Lightning Source LLC
LaVergne TN
LVHW040905150826
845672LV00007B/1905

* 9 7 9 8 8 4 9 2 0 2 0 0 6 *